arc-en-ciel
cascade

ISBN 978-2-7002-3065-9 • ISSN 1142-8252

Loi n° 49-956 du 16-07-1949 sur les publications destinées à la jeunesse.

L'école d'Agathe

Texte de Pakita
Images de J.-P. Chabot

Pierre fait des farces

RAGEOT • ÉDITEUR

Vous connaissez Pierre ?

C'est le garçon le plus **sage** de toute l'école, de tout le village et même du monde entier !

En classe, Pierre ne fait **jamais** de bêtises. Il n'oublie **jamais** ses affaires, il ne fait **jamais** tomber sa règle, il n'écrit **jamais** de petit mot en cachette, et il ne bavarde **jamais** non plus !

Pierre est tellement **sage** que, l'autre jour, la maîtresse lui a dit :

– Tu es **sage comme une image.**

– C'est **sage,** une image ? a demandé Tom.

– Il n'y a pas que les images qui sont **sages,** a dit Zizette. Regardez mon stylo, il est très **sage** aussi. Je le pose sur ma table et il ne bouge pas ! Pierre, tu es **sage** comme mon stylo.

On a explosé de rire et la maîtresse a expliqué :

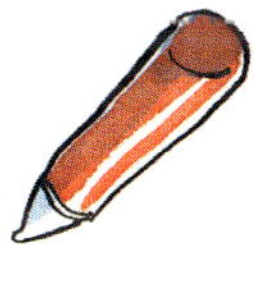

Mais le pire, c'est que Pierre n'est pas seulement **sage** en classe, il est **sage** même pendant la récréation. Quand il joue, il est très sérieux. Il ne crie pas, il ne se fâche pas, et il ne rigole pas beaucoup.

Et des fois, il reste assis sur un banc sans rien faire.

Incroyable, non ? C'est simple, Pierre est tellement **sage** que souvent on oublie qu'il est avec nous !

Enfin, c'est ce qu'on croyait jusqu'au jour où Pierre est arrivé en courant pour nous dire :

– Vite, venez avec moi, il y a une super grosse salamandre près du toboggan !

On s'est tous précipités.

– Mais je ne la vois pas, s'est étonné Léonard.

– Elle est cachée sous cette pierre ! a expliqué Pierre.

On a soulevé la pierre.

– Pfff ! Tu es nul, Pierre ! s'est écriée Chloé qui est très forte en animaux. Tu vois bien que ce n'est pas une salamandre, c'est un morceau de papier colorié en noir et jaune !

– Ah bon ? Tu en es sûre ? a dit Pierre très sérieusement. Désolé, si j'avais su que c'était une fausse salamandre, je ne vous aurais pas appelés !

Un peu plus tard, en classe, la maîtresse a interrogé Théo.

– Théo, viens au tableau faire cette addition !

Vite, il s'est levé et bing ! Il est tombé.

– Que se passe-t-il Théo ? a demandé la maîtresse, tu ne tiens plus debout ?

– C'est que… les **lacets** de mes deux chaussures sont attachés, a répondu Théo.

Qui avait fait ça ? Mystère…

Puis l'autre jour, Pierre est arrivé très excité à l'école. Il était tout **rouge.**

– Qu'est-ce que tu as Pierre ? Tu es malade ? lui a demandé Zizette.

– On dirait une allergie, a ajouté Clara qui s'y connaît.

– Tu as trop de chance ! on a crié.

– Ça, oui ! C'était le rêve de toute ma famille ! a continué Pierre.

Il n'arrêtait pas de rire.

– Ah là là ! Je vous ai bien eus ! Parce que la fausse salamandre, les lacets attachés et les petites farces de la classe, c'était moi ! Je voulais m'entraîner !

Ça alors ! Pour une surprise, c'était une surprise !

– J'ai une famille très farceuse ! a continué Pierre. Mon papa fait des farces à ma maman, ma maman fait des farces à mon papa, je fais des farces à mon frère. Mon frère et moi, on fait des farces à nos parents et nos parents nous font des farces ! Et même mon papy fait des farces à ma mamie !

– On n'aurait jamais cru ça de toi ! s'est exclamée Audrey. Tu es toujours si sérieux !

– Eh oui ! Mon papy dit que faire des farces, c'est un métier ! Si on rigole quand on fait une farce, la personne à qui on la fait devine qu'il y a quelque chose de bizarre, et la farce ne marche pas ! Vous comprenez ?

On avait compris. Et à la récré de la cantine, comme Pierre n'était pas là, on a parlé de lui.

Alors on s'est méfiés.

On ne s'approchait pas trop de Pierre, des fois qu'il nous lancerait des pétards.

Même Magali, qui adore les **bonbons,** a refusé une **sucette** qu'il lui proposait.

– Tu comprends, m'a-t-elle dit, c'est peut-être une *sucette farceuse !*

Seulement voilà, passer son temps à se méfier de quelqu'un, ce n'est pas rigolo !

C'est Tom qui en a eu assez le premier. Il nous a dit :

On n'aurait pas dû arrêter de se méfier…

Tout a commencé avec les cris d'Émeric dans la cour.

C'était trop drôle ! Il se **grattait, bougeait** et **dansait** dans tous les sens ! On rigolait, mais Émeric a hurlé :

– C'est vous qui avez mis du **poil à gratter** dans mon pull ! Je vais vous attraper !

Et il a donné un coup de poing à Léonard !

Deux minutes après, on a entendu Zoé qui criait :

On a tous reculé, **l'araignée** était ÉNORME avec des grosses pattes poilues ! On tremblait de peur !

Puis Arthur s'est avancé.

– Vous êtes bêtes, regardez, c'est une **fausse araignée** !

Trois minutes après, Marion est arrivée vers nous.

– C'est très grave, ma **langue** est devenue toute bleue ! Il faut que j'aille voir le **docteur** !

Alors Magali lui a demandé :

– Tu n'aurais pas mangé par hasard un **bonbon** que Pierre t'a offert ?

– Comment tu as deviné ?

On a éclaté de rire.

C'est ça, le problème avec les farces ! Elles font rire sauf... quand elles vous arrivent ! Et je sais de quoi je parle...

Comme d'habitude, après la sonnerie, nous sommes montés en classe. Au moment où je me suis assise, un énorme prout a retenti. Tellement énorme que la maîtresse l'a entendu.

– Je demande à celui ou celle à qui cela a échappé de s'excuser.

C'est sûr, ce bruit venait de ma chaise, mais pas de moi ! Je suis devenue toute **rouge.** Je me suis levée pour voir s'il y avait quelque chose sous mes fesses. Ça alors... un **coussin péteur !** C'était encore une *farce* de Pierre !

Qu'auriez-vous fait à ma place ? Vous l'auriez accusé, vous ? J'y ai pensé très fort, mais ses autres *farces* m'avaient fait rire...

Alors j'ai juste dit :

– Pardon.

Mais à la récré, j'ai tout expliqué aux copains.

L'idée de Louise était simple : elle nous a invités avec Pierre à goûter. Quand il est arrivé, tout était prêt !

Louise, très sérieuse, lui a dit :

– Pierre, va te laver les mains avant de manger.

Pierre est revenu, les mains toutes sales ! Hi hi ! C'était un **faux savon !**

Puis il a pris un pain aux raisins et a mordu dedans… mais il était en **plastique !**

Et sa petite cuillère a **fondu** dans le chocolat chaud qui était dans une tasse dont l'anse s'est **détachée !**

Pour finir, je lui ai dit :

– Regarde ma bague, Pierre !

Pschitt ! Il a reçu **plein d'eau !**

– Je crois que je suis un farceur farcé ! s'est écrié Pierre.

– Et tu peux dire merci à ton papa ! On a trouvé toutes nos farces dans son magasin ! on lui a répondu en riant.

Oh là là ! Il faut que je dorme !

Ce soir, Pierre m'a téléphoné.

– Pardon Agathe pour le coussin péteur. Tu sais, c'était pour rire mais je ne voulais pas qu'on se moque de toi !

Allez bonne nuit, les amis !

Mmh... je me demande quelle farce je vais vous faire...

L'école d'Agathe

Achevé d'imprimer en France en juin 2007
par I. M. E. - 25110 Baume-les-Dames
Dépôt légal : juillet 2007
N° d'édition : 4559